아홉 살 마음 사전
A Dictionary of Nine-Year-Old's Heart

Originally published in Korea by Changbi Publishers, Inc.

This edition is published by arrangement with Changbi Publishers, Inc.
through K-Book Shinkokai.

9歳のこころのじてん

パク ソンウ 文　キム ヒョウン 絵
清水知佐子 訳

小学館

『こころのじてん』の使い方

自分の気持ちをことばで表すのはかんたんではありません。自分がどう思っているのか、はっきりわからないからということもありますが、みなさんがまだ、気持ちを表すことばをよく知らないからという理由もあります。

この本は、「会いたい」から「わくわくする」まで、気持ちを表す74のことばを五十音順にしょうかいした本です。気持ちを表すことばと、そのことばが使われる状況をイラストといっしょにしめし、そのことばを理解できるようにしました。また、同じような気持ちを表せる場面の例文をそれぞれ3つずつのせました。

気持ちを表すことば
気持ちを表すことばの意味
満足だ
思いどおりになって気分がいい。
まんぞくだ
むずかしい宿題を全部すませたぞ。
「ぼく、ちょっとすごくない？」
1年間、ちこくもけっせきもしなかったんだ。
さがし絵クイズで全部正解したの。
ちらかっていた部屋をきれいにかたづけたよ。
「そうじ、終了」
気持ちを表すことばが
使われる状況
同じことばで
気持ちを表せる例文

もくじ

会いたい

ねようと思って横になって目をつぶっても、
ベルの顔がちらちらとうかんでくる。

相手のすがたを見たいなあと思う。

出張に行ったお母さんに電話をしたよ。

「お母さん、元気？　明日帰ってくるんだよね？」

いなかのおばあちゃんのところに早く着いて、

だきしめてもらいたいな。

「おばあちゃん、さっきお父さんと出発したところだよ」

転校した友だちに会うやくそくの日まで

まだ何日ものこっているのに、

毎日指折り数えて待ってるんだ。

ありがたい

「うわあ、おひめさまの部屋(へや)みたい」

お母(かあ)さんがわたしの部屋(へや)に

カーテンをつけてくれたよ。

うれしくて、ありがとうと言いたくなる。 ありがたい

「必要な物があったら言ってね。わたしがかしてあげるから」
親友が消しゴムをかしてくれた。

お姉ちゃんが工作の宿題を手伝ってくれたの。

のびたつめを切ってくれたお父さんに、
チューしてあげたいな。

いたいたしい

「えさをたくさん食(た)べて、早(はや)くよくなあれ」
ヒヨコが、けがをした足(あし)を
引(ひ)きずって歩(ある)いているんだ。

いたいたしい

かわいそうで見ていられない。

テレビで、シマウマがライオンに
追いかけられている場面がうつっている。

ごみの山をあさっている迷子の子犬を見かけた。
「飼い主とはぐれたのかな。
おなかがすいてるみたい」

道にまよった子ネコが、
鳴きながら親ネコをさがしているよ。

いらいらする

ねようと思ったら蚊がぶんぶんうるさくて、

明かりをつけたらどこにもいない。

「もう、ねむれないじゃないか」

気に入らないことがあってどうしようもない。 いらいらする

暑くてしかたないのにバスがなかなか来なくて、
やっとバスに乗れたと思ったら、
ずっと道がこんでいるなんて。

いっしょうけんめい歯みがきをしてたのに、
「すみからすみまでちゃんとみがきなさい」と
お母さんに小言を言われた。

さっきお母さんのお手伝いをしたばかりなのに、
今度はお父さんが用事を言いつけるんだから。

うきうきする

お父さんが引いてくれるそりに乗って、

びゅんびゅん走ったよ。

お母さんが、勉強はそれくらいにして遊びなさいだって。
「やっぱり、うちのお母さんって最高」

おこづかいが2倍になったよ。

ピクニック用に、
家族みんなでのりまきを作ってるんだ。

うらめしい

お母さんが起こしてくれなかったから
ちこくしたと文句を言ったよ。

すべって転んだのは、ぼくの注意が足りなかったから
じゃないぞ。運動ぐつが悪いんだ。

「おい、全部お前のせいだ」
弟があばれたから、ブロックがくずれちゃった。

「お金、どこへ行っちゃったんだろう」
お金を落としてしまったのは
ポケットが小さいからだ。

うらやましい

わたしは何も買ってもらえないのに、
お姉ちゃんはおねだりしたら
何でも買ってもらえるんだ。

自分がそうだったらいいなと思って、
つらかったりさびしく思ったりする。

お姉ちゃんったら、わたしとは遊んでくれないのに、
子犬のモコとは遊んであげるんだから。
「わたしよりモコのほうがかわいいの？」

お兄ちゃんのおこづかいが、
ぼくよりそんなに多いなんて。

「お前は勉強しなさい」
お父さんが、わたしにはテレビを見ちゃだめと言うのに
妹には何も言わないの。

うれしい

なかよしの友だちと

3年生も同じクラスになった。

会いたい人に会えたり、
のぞんでいたことがかなったりして気分がいい。

お母さんと親せきの家に行くから遊べないと
言っていた友だちが、うちに遊びに来たよ。
「どちらさまですか」
「わたしよ」

ぼくを見ると、すぐにしっぽをふって
かけよってくる子犬をだきあげた。
「モコ、いっぱい遊ぼうな」

転校してきた友だちを、明るいえがおでむかえたよ。

うろたえる

学校（がっこう）に来（き）てくつをぬいだら、
左右（さゆう）ちがうくつ下（した）をはいていた。

うろたえる

**おどろいたりあせったりして、
どうすればいいのかわからない。**

あわてててドアを開けて入ったら、
うちじゃなくてとなりの家だった。

トイレでうんちをしていたら、
ノックもしないでいきなりドアを開けられた。

「たしかにポケットに入れておいたはずなのに」
レジでお金をはらうとき、
いくらポケットをひっくり返してもお金が出てこない。

おかしい

ねむっていた弟が、
自分のおならの音におどろいて
目をさましたよ。

おもしろくて、わらいが止まらないほどだ。　おかしい

弟と鼻のあなを大きくする競争をしたんだ。

ボールをけったのに、くつだけ遠くへとんでいっちゃった。

「しり文字ゲーム」をしているとき、
おしりで名前を書いていた
お父さんのズボンがやぶれた。

おしい

先頭(せんとう)を走(はし)っていたのに、
ゴールテープの前(まえ)で転(ころ)んじゃった。

もう少しのところで思いどおりにいかなくて、くやしかったり悲しく感じたりする。

トイレに行っている間にバスが行っちゃった。

「うわっ、もうちょっと急げばよかった」

なわとびの試合で負けちゃった。

「たった1回の差なのに」

のりまきを作っていたら、

具を入れすぎて最後にのりが足りなくなっちゃった。

おそろしい

「まさか、目も鼻も口も耳もない
のっぺらぼうが出てこないよね？」
おばあちゃんから聞いたお化けの話が、
やたらと頭にうかぶ。

おそろしい

心配していることが起こりそうで、気持ちが落ち着かない。

動物園のおりの中にいるトラが、
外にとびだしてきたらどうしよう。

ふとんをかぶってドラキュラの物語を読んでいたら、
とつぜん、まどがガタガタゆれたんだ。

お父さんといっしょに山登りをしていたとき、
何だかしげみからヘビが出てきそうな気がして……。

おだやかだ

すやすやねむっている赤(あか)ちゃんを見(み)つめたよ。

「赤(あか)ちゃんってほんとによくねるんだね」

心配事がなくて気持ちがしずかだ。 おだやかだ

いなかの牧場に遊びに行って、
草を食べるヒツジのむれを見ていたの。

妹とけんかをしないでなかよくしているよ。

子犬が母犬のおっぱいを
すっているのをながめているんだ。

落ちこむ

3時間かけて作った
ネックレスのひもが切れて、
ビーズがばらばらになっちゃった。

おちこむ

**思いどおりにいかないことのせいで
つらく、がっかりする。**

きのうまで晴れていたのに、遠足の日に雨がふるなんて。

「どうして今日にかぎって雨がふるんだよ」

すきな子につき合おうと言ったら、

ことわられた。

友だちが、ぼくだけのけ者にして遊んでるんだ。

落ち着く

お母さんのうでの中でねむくなるのを
待っているときの気持ち。

宿題を全部かたづけてから、
ふかふかのソファにすわってテレビを見ているの。

あたたかいゆかにねころんで、
すきな本を読んでいるよ。

今日からお姉ちゃんとはべつべつ。
ひとりで広びろとベッドを使えるんだ。

おどろく

「わあ、ウサギが赤ちゃんを産んでる!」
こんなの見るのはじめてだから、
自然と目が丸くなるよ。

車を運転中のお父さんが、急にブレーキをふんだ。

「お父さん、気をつけて」

「きゃー！」

ゴキブリを見て、思わず悲鳴を上げちゃった。

路地をぬけて家に帰ったら、

とつぜん、となりの家の犬が

ぼくに向かってほえてきた。

思いやる

おこづかいでほしかったシールを
買おうと思ったけど、
お母さんのためにヘアピンを買ったの。

おもいやる

ある人や物を自分と同じくらい大切に思う。

大すきな友だちになら、
わたしがいちばんすきなカードをあげてもおしくないよ。

なぜだか、お母さんの足やお父さんのかたを
もんであげたくなっちゃう。

自分のマフラーを取って、弟にまいてあげたんだ。
「だいじょうぶ。お兄ちゃんはそんなに寒くないから」

がっかりする

ものすごくなやんでプレゼントを買ったのに、
今日はお母さんの誕生日じゃなかった。

がっかりする

願(ねが)っていたとおりにならなくて、元気(げんき)がなくなる。

キックボードを買(か)ってきてくれるって言(い)ってたのに、
お父(とう)さんったら手(て)ぶらで帰(かえ)ってきたんだ。

勝(か)つと思(おも)っていたサッカーの試合(しあい)に負(ま)けちゃった。
「最後(さいご)の最後(さいご)に2点(てん)も取(と)られるなんて」

鼻(はな)くそをほじっていて今(いま)にも取(と)れそうだったのに、
すっとおくに入(はい)っちゃった。

悲しい

おばあちゃんが入院したので、

病院に行ってきた。

泣きたいほど心がいたくて、つらい。

お母さんにおこられて、ひとりで部屋にこもっているよ。

「どうしてお母さんはよくわかりもしないで、

いつもおこってばっかりなの。

わたしがこんなにつらい思いをしているのも知らないで」

元気に大きく育っていたハムスターが死んじゃった。

童話を読んでいるんだけど、なみだが止まらない。

かわいい

子ネコをだっこしてみたいな。

「お兄ちゃんがだっこしてあげようか」
にっこりわらう赤ちゃんのほっぺたを、
さわってみたくなる。

ぼくがあげた草を、子ウサギがむしゃむしゃ食べたよ。

人さし指をほおに当てて、
かがみに向かってにっこりわらいながら言ってみる。
「どう？　かわいいでしょ？」

かわいそう

子ネコが雨に打たれているよ。
「かぜを引いちゃわないかな？」

ほかの人や生き物がつらそうに見えて、
むねがいたい。

かわいそう

「ああ、シンデレラ、どうしよう」
やさしくてかわいいシンデレラが
いじめられている場面を読んでいるところなの。

片方の羽がやぶれて、
うまくとべないセミが目の前にいるんだ。

ミミズが道の上でひからびそうになっている。

感動(かんどう)だ

たねをまいた植木(うえき)ばちから芽(め)が出(で)たよ。

うれしい気持ちが心いっぱいに広がって、
じんとする。

「しっかり見てくれたよね。ぼくの後ろに二人もいたのを」
かけっこでいつもびりだったのに、ついに3等になったよ。

なかなかおぼえられなかった九九を、全部暗記した。
「ぼくもやればできるんだ」

問題を起こしていつもおこられてばかりのぼくが、
先生にほめられるなんて。

気が重い

金魚が死んだから、
土にうめてあげなきゃ。

暗い気持ちになったり、
やる気が出なかったりする。

宿題をしないまま、学校に行く時間になっちゃった。

「今日は力が出ないな」

作文大会の学校代表になったけど……。

「賞をもらえなかったらどうしよう」

頭の中でいろんな考えがぐるぐる回って、

思わず下を向いてしまう。

「いったい、どうしたらいいんだろう」

気にかかる

運動場で楽しく遊んでいたんだけど、

かぎをちゃんとかけたかどうか思い出せなくて。

公園で拾った百円玉でおかしを買っちゃおうかなと思った。

「やっぱり落とした人をさがさないとだめだよね」

宿題をとちゅうでほうりだして、

外に遊びに出てきちゃった。

お父さんが手をあらわないでミカンの皮をむいて、

わたしにくれたけど……。

気になる

マダガスカルがどこにあるのか知りたくて、
地球儀を回してみたよ。

お姉ちゃんとけんかした日、
お姉ちゃんの日記帳を開いてみたくてうずうずする。
「わたしの悪口をいっぱい書いてないよね？」

「いったい、どこへ行っちゃったんだろう」
レタスの間から出てきたカタツムリを
ベランダの植木ばちにうつしておいたら、
どこかに消えちゃった。

お父さんが荷物をつめた旅行かばんを
開けてみたいな。

気まずい

口げんかしたお姉ちゃんと
なか直りしないままで、ねるはめに。

相手といっしょにいると心がおだやかでなく、いやな気分だ。

先生にうそをついたのがばれるんじゃないかと
心配でたまらない。

しょっちゅうしかられる親せきのおじさんといっしょに、
ごはんを食べなきゃならないなんて。

けんかしたことのある友だちと、
となりのせきになっちゃった。

くやしい

えんぴつをなくしたとなりのせきの子が、
へんな目でぼくを見るんだ。
「ぼくをうたがってるの？」

思うようにならなかったり、何も悪いことをしていないのにおこられたりして、気分が悪い。

お母さんがぼくの部屋に入ってきて、
「毎日ゲームばかりして」とおこるんだ。
「さっきまでほんとに勉強してたのに」

弟がちらかした部屋を、
どうしてわたしがかたづけなきゃならないんだろう。

友だちとふざけていて花びんが落ちてわれたのに、
何でぼくだけおこられるのかな。

ごきげんだ

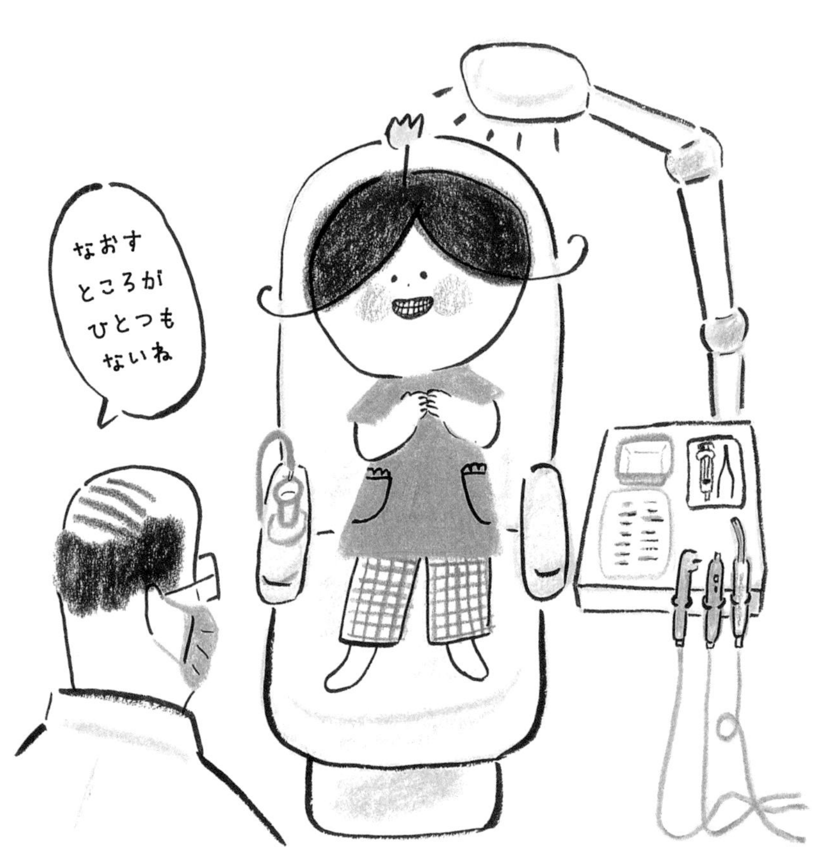

歯医者さんが、虫歯がないって言ってくれた。

「7、8、9、10、11……。うわあ！」

なわとびではじめて10回以上とべたよ。

すきな友だちの誕生日パーティーに招待されたんだ。

「わーい」

お父さんが仕事の帰りにケーキを買ってきた。

心があたたまる

おばあちゃんにもらったお年玉を、

めぐまれない人のためにきふしたんだ。

お父さんが休みの日の朝に、
マンションの管理人のおじさんといっしょに
雪かきしているよ。

おばあさんが持っている大きな荷物を持ってあげたんだ。
「今度もまた、手つだってあげるね」

お母さんがね、肉じゃがを、
ひとりぐらしのとなりのおばあさんの分も
作ってあげたんだって。

心がなごむ

学校の前の文房具屋さんで、
ようちえんのときに遊んでいたのと
同じおもちゃを見つけたよ。

夏休みに歩いたおばあちゃんの家の近くの石がきの道を、
冬休みにも歩いてみたよ。

おとなりのおばさんがおもちをくれたお返しに、
お母さんが自分でつけたニンジンのつけ物をあげたんだって。

お母さんとお父さんがいっしょにすわって、
なかよく話をしているよ。

さびしい

ひみつの話を聞いてくれる友だちがいない。

「みんなどこへ行っちゃったんだろう」
かくれんぼをしたいけど、
いっしょにやる友だちがいないんだ。

だれもいなくて、ひとりで留守番しなきゃならないなんて。
「今日はお姉ちゃんもいないから、
余計に時間がすぎるのがおそいみたい」

友だちがぼくの誕生日をお祝いしてくれなかった。

ざんねんだ

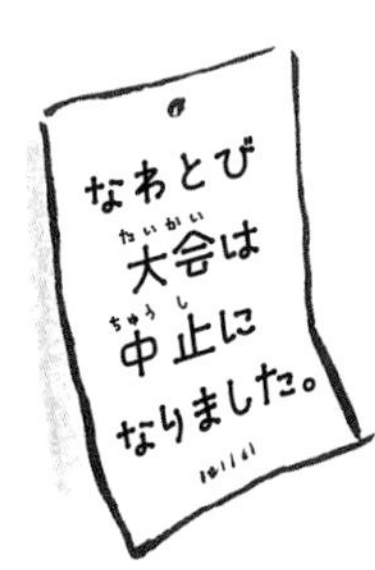

なわとび大会に出ようと思って
いっしょうけんめい練習したのに、
急に大会が開かれなくなったって。

期待やきぼうどおりにならなくてくやしく、何だかもの足りない。

先生の前で、九九をすらすら言えなかった。

「ひとりのときはうまく言えたのにな」

かぜを引いて、いなかのおばあちゃんの家に

行けなくなっちゃった。

「プレゼントまで用意したのに……」

お父さんといっしょにわき水をくみに行ったのに、

水がわき出ていないなんて。

幸せだ

家族みんなで輪になって、

かたをもみ合いっこしたよ。

しあわせだ

うれしくて楽しくて、満足だ。

お父さんがおしてくれるブランコに乗ってると、
宇宙までとんでいけそうだな。

家族でピクニックに行って、
最後にのこったおにぎりを分け合って食べたんだ。

「わが家」ってケーキみたいにあまく感じられて、
心がほんわかするよね。

じんとする

迷子になってた子犬を、
二日ぶりに見つけたよ。

なみだが出そうなほどうれしい。 じんとする

きのう、けんかをした友だちがなか直りしようって
手をさしだしてくれた。
「わたしが悪かったのに……」

きらいだった友だちが、わたしの味方をしてくれたんだ。

「ごめんね。大すきよ」
わたしをしかったあとに、
お母さんがぎゅっとだきしめてくれたの。

心配だ

おかしを買いに行った弟が帰ってこないから、

スーパーまで急いで行ってみた。

「いつまでおかしをえらんでるつもり？」

算数の宿題をしてくるの、わすれちゃった。

歌が苦手なのに、
友だちの前で歌わなきゃならないなんて。

熱さましを飲んでも、妹の熱が下がらないよ。

すがすがしい

新しい運動ぐつをはいて散歩に出かけた。

すがすがしい

さっぱりして気持ちがいい。

部屋のカーテンを新しいのに取りかえたときの気持ち。

ぼさぼさのかみの毛をすっきり切ったんだ。

一面にきれいな空色のペンキがぬってあるかべを見たよ。

すっきりする

思いちがいで口げんかした友だちと
なか直りしたよ。

お母さんにうそをついてたことを打ち明けた。
「ふーっ、ほんとのことを言ってよかった」

思い切り泣いて、いやなことはわすれちゃった。

お父さんに言いたくてむずむずしてたことを全部話したんだ。
「じゃあ、今度はお父さんのひみつを教えて」

そうかいだ

ぐっすりねて、まどを開けて、のびをした。

「ああ、気持ちのいい朝だ」

気分がさわやかですっきりしている。 そうかいだ

おふろに入ってあせを流したよ。

むし暑い夏の日に植物園に行って、
すずしい風に当たったり、すんだ空気をすったりしたんだ。

すっきり晴れた空をながめながら、鳥の声を聞いた。

たいくつだ

おもしろくない話を聞いてたら、あくびが出た。

「その話はもういいから、ほかの話をしない？」

算数の時間が早く終わればいいのに。

「ああ、わからない問題だらけだ」

お母さんったら、スーパーの前で会った

同じマンションのおばさんと

30分もおしゃべりしてるんだから。

「お母さん、待ちくたびれて死にそうだよ。

スーパーにはいつ行くの？」

とても分厚い本を読んでいるんだけど、

何のことだかさっぱり理解できなくて……。

楽しい

暑い夏の日にうき輪に乗って

水遊びをしたんだ。

ちょっとだけ遊んだつもりが3時間以上もすぎてた。
「友だちと遊んでるとあっという間に時間がすぎちゃうね」

お父さんと遊園地に遊びに行って、
お母さんが食べさせてくれない物を思いきり買って食べた。

お父さんと自転車で川ぞいの道を走ってあせを流したら、
心も体も軽くなってふわっととべそうな気分になったよ。

ついている

宿題をやるのをすっかりわすれていたけど、
先生は宿題のかくにんをしないみたい。

ついている

思っていたより、物事がうまくいくようだ。

夜通しふっていた雨が、朝起きたらやんでいた。

「遠足に行けそうだな」

なくしたさいふを友だちが見つけてくれた。

「君のおかげで助かったよ」

学校にちこくするかと思ったけど、

ぎりぎり間に合った。

つうかいだ

そうじの係を決めるのに、

お父さんとじゃんけんしてぼくが勝った。

サッカーでいつも空ぶりばかりしていたぼくが、
2回もゴールを決めた。
「負けてばっかりだったうちのチームが3対0で勝つなんて」

ぼくをばかにしていたお兄ちゃんとすもうをして勝ったんだ。
「ぼくが、カバみたいに大きなお兄ちゃんをたおしたよ」

フラフープ競争でいつもびりだったけど、1位になったぞ。

つらい

部屋（へや）のドアをしめても、

お父（とう）さんとお母（かあ）さんのけんかする声（こえ）が聞（き）こえる。

ふとんをかぶっても、聞（き）こえてくる。

ぼくがうそを言ったのも知らないで、

お母さんがほめてくれて……。

「ほんとのことを言えばよかった」

かぜを引いてせきが止まらない。

「ああ、鼻水まで出てきちゃった」

近所のきらいな年上の男の子が、

いっしょに遊ぼうってしつこくさそうんだ。

どきどきする

注射を打つ順番が近づいてきた。

「いっそのこと、早く打ってほしいな」

どきどきする

こわさ、不安、期待などで
落ち着かない気持ちになる。

下水溝に落ちた子ネコが
無事に助けられるのを待ってるんだけど……。

お母さんといっしょに作ったクッキー、ちゃんとやけたかな。

すきな子に告白したんだけど、
どんな返事が来るか気になってしようがない。

得意になる

妹がおもらしをしたから、
ぼくが着がえさせてあげたんだ。

ぼくの絵が、教室の後ろのかべにはられていたんだ。

○

夏休みの宿題を全部やったよ。

○

詩をふたつも暗記した。
「ぼくにこんな長い詩がおぼえられるなんて」

とまどう

びりじゃなきゃいいなと思っていたら、

1番だった。

「ぼくが5人中の1番だなんて」

とまどう

思ってもいなかったことが起きて
何が何だかわからず、ぼうっとなる。

部屋がちらかってるっておこられると思っていたのに、
妹のめんどうもよく見て、ごはんもちゃんと食べたねって、
お父さんにほめられたよ。

だれもいないと思って家に帰ってきたら、
家族みんながいて、誕生日パーティーを開いてくれるなんて。

顔をきれいにあらってきたつもりだったのに、
友だちに「今朝、顔あらった？」と言われちゃった。

荷が重い

親せきの前でお母さんとお父さんが、
ぼくのじまん話ばかりするんだ。

自分の力や気持ち以上のことをもとめられて心が重く感じられる。

にがおもい

「ぼくの誕生日に絶対来てね。プレゼントもわすれないで」
なかのよくない友だちから
誕生日パーティーに招待されちゃった。

かけっこは苦手なのにリレーの選手にえらばれた。

「お前はわが家のほこりだ。
だから、絶対に1番にならなきゃだめだ」
ごはんのときに、もっと勉強しなさいなんて
言わなくてもいいのに。

にくたらしい

「ぼく、ひとりで乗るんだもん」
まったく、自分のことしか考えないんだから。

気に入らなかったり、見ていてふゆかいなことがある。

悪いことばかりする友だちに言ってやった。
「おい、いたずらもほどほどにしろよ」

高いかばんを買ってもらったって、
友だちがじまんばかりするの。

弟がぼくの部屋で遊んで、
ちらかしっぱなしにするんだ。

はくじょうだ

友だちがひとりでかさを差して行っちゃった。

はくじょうだ

思いやりがなくて自分につめたくする人が、
気に入らない。

お姉ちゃんが、わたしには少しも分けてくれないで、
ひとりで全部おかしを食べちゃったの。

○

わたしは、友だちにのりも三角定規もかしてあげたのに、
友だちは、わたしには消しゴムもかしてくれないんだから。

○

文房具屋さんにいっしょに行ったお兄ちゃんが、
自分の物ばかりいっぱい買って
わたしには何も買ってくれないなんて。

はずかしい

すきな子（こ）とすれちがうと、顔（かお）が赤（あか）くなる。

はずかしい

どこかにかくれたい気持ちになったり、
勇気がなかったりして、てれくさい。

親せきの人たちの前でおどってみろと
お父さんに言われたけど、
顔が赤くなってもじもじしちゃった。

弟がひとりでてきぱきと服を着がえているよ。
「ぼくは、お母さんに服を着せてって言うのに……」

友だちが家に遊びに来たのに、
自分の部屋がやたらとちらかっていた。

ばつが悪い

鼻くそをほじってるのを、

すきな子に見られちゃった。

ばつがわるい

**どうどうとできないことをしてしまって、
ひどくはずかしい。**

ようちえんに通う弟のおかしをうばおうとして、
けんかになっちゃった。

注射はしたくないと言って、病院の前で
だだをこねているところを友だちに見られた。

転んで、人前で泣いちゃった。

はらが立つ

お母さんに大きな声でしかりつけられると、
ぼくも大声で口答えしたくなる。

気に入らなかったり、
気分が悪くておこったりしたくなる。

2時間かけて作った工作の宿題を弟がこわしちゃった。

お兄ちゃんがわたしの色えんぴつを勝手に使ったの。
「わたしがお兄ちゃんのクレヨンを勝手に使ったときは
あんなにおこったくせに」

ゲームばかりやってないでってお父さんにしかられた。
「お父さんはいつもパソコンでゲームをしてるくせに……、
ぼくばっかり……」

はらはらする

お兄(にい)ちゃんが風船(ふうせん)を大(おお)きくふくらましてるよ。

「もういいんじゃない？　われそうでこわいよ」

目の前にせまっていることが心配で、
心が休まらない。

友だちが、わたしのひみつを
ほかの子にしゃべるんじゃないかと思って。

公園から家に帰るとちゅうに、
お化け屋敷で見たお化けが路地から出てきそう。

丸太橋をわたっているヤギが、橋から落ちそうなんだ。

びくびくする

真っ暗な路地を通るとき、とつぜん、
悪い人があらわれたらどうしよう。

びくびくする

ある人や物がおそろしく、心配になったりにげたい気持ちになったりする。

お姉ちゃんの物を勝手に使っちゃった。

「ばれなきゃいいけど」

教室で友だちにひどいことを言っちゃった。

「だれかが先生に言いつけたりしないよね」

平均台を落ちないでわたれるかなあ。

ひどい

給食(きゅうしょく)の列(れつ)にならんでいたら、

ほかの子(こ)がわりこんできた。

となりのクラスの子がぼくの悪口を言ってたって、
友だちから聞かされた。

あいつがやたらと友だちをいじめるんだ。
「おい、友だちをいじめちゃだめじゃないか」

妹が、勝手にぼくのはさみを使ってこわしちゃった。

ひねくれる

お母さんにしかられたのがくやしくて、
雨のふる日にサンダルをはいて
学校に行くと言いはった。

意地悪な気持ちになったり、
やたらと意地をはって、素直でなくなる。

お父さんにおこられて、
ドアをバタンとしめて自分の部屋に入った。
「ごはんなんか食べないもん」

弟ばっかりほめるから、
お母さんが着なさいっていう服なんか着ないんだ。

サッカーの試合に負けて、
ついボールを花だんのほうにけりとばしちゃった。

ひやっとする

横断歩道をわたろうとしたら、
車がびゅーっと目の前を通りすぎた。

ひやっとする

とてもおどろいて、むねをきゅっとつかまれたような気がする。

子ネコがいなくなったと思ったら、高い木の上にいた。

「わっ、そんなとこにいるの？」

○

手がすべってコップを落としちゃった。

運よくわれなかったからよかったけど。

○

「じゃあ、この問題をといてみて」

先生が当てたのはぼくだと思ったら、

ぼくの後ろの子だった。

ふあんだ

お母さんもお父さんもいない家で、

ひとりで留守番中。

「どろぼうが入ってきたらどうしよう？」

かぎがこわれたトイレで用を足すとき。

「だれかがドアを開けたらどうしよう」

発表会のとき、笛のあなを

おさえまちがえちゃうんじゃないかな。

お母さんが大事にしている花びんをわっちゃった。

「ああ、どんなにしかられるだろう」

ふしぎだ

おばあちゃんがさわったら、

おなかがいたいのがうそみたいになおったよ。

しんじられないほどすごくて、ふつうだと起こらないように感じる。

マジシャンのハンカチからバラの花とウサギが出てきた。

「いったいどうなってるの？」

おっちょこちょいのお兄ちゃんが

テストで100点を取ったんだって。

わたしがお母さんのおなかの中にいたときにとったっていう

超音波の写真を見せてもらったの。

ふゆかいだ

テコンドーの道場に通ったこともない子が、
ぼくのけりが下手くそだって言うんだ。

こんなに分厚い本を全部読み終えたって友だちに言ったら、

「お前、絵だけ見たんだろ」って言われて……。

冷蔵庫を開けたらくさった魚のにおいがした。

「ぼくのケーキが入ってるのに……」

そのとおりかもしれないけど、

「お前、勉強もできないじゃないか」って

友だちから言われるなんて。

へっちゃらだ

「転(ころ)んだけど、たいしたことないさ」
いたくても、泣(な)かずにがまんした。

心配することや問題にすることがなく、だいじょうぶだ。

へっちゃらだ

「次はきっとうまくいくはず」

とび箱は失敗したけど、なわとびはうまくとんでやるんだ。

○

今回のテストは全然だめだったけど、

次はかならずいい点を取るぞとえがおで自分に言い聞かせた。

○

「あともうちょっとで家だから」

かさがなくて、雨に打たれながら走って家に帰ったよ。

ぼうぜんとする

アイスクリームが、ぼうから
ぽとんと落ちちゃった。
「しかたないから、ぼうだけなめたんだ」

とんでもないことや思(おも)ってもいなかったことが起(お)きて、どうしていいかわからなくなる。

学校(がっこう)に行(い)ったら、開校記念日(かいこうきねんび)で休(やす)みだった。

「あーあ、ごはんがたけていないなんて」
ごはんを食(た)べようと家族(かぞく)でテーブルをかこんだら、
炊飯器(すいはんき)のスイッチをおしわすれてた。

遠足(えんそく)におべんとうを持(も)ってくるのをわすれちゃった。

ほこらしい

うちのクラスが、なわとび大会の団体戦で

賞をもらったよ。

お母さんが編み物を習って、
毛糸のマフラーを編んでくれたんだ。
「うちのお母さんはセーターだって編めるんだから」

ぼくが書いた詩を読んだら、友だちがはくしゅしてくれた。

書き取りのテストでひとつもまちがえなかったんだ。

待ち遠しい

「お盆にかならず行くからね」

いなかでくらすおばあちゃんに早く会いたいな。

まちどおしい

だれかに会いたい気持ちや何かを待っている気持ちが強くて、時間を長く感じる。

「あと二晩ねたら、お父さんが帰ってくるね」

お父さんが出張から帰ってくる日につけておいた

カレンダーの丸印をずっとながめていたよ。

寒い冬の日に、楽しく水遊びをした夏のことを思い出した。

「ああ、寒い。海で水遊びしたのが、なつかしいな」

友だちは元気かな。早く夏休みが終わればいいのに。

満足だ（まんぞくだ）

ちらかっていた部屋（へや）をきれいにかたづけたよ。

「そうじ、終了（しゅうりょう）」

むずかしい宿題を全部すませたぞ。

「ぼく、ちょっとすごくない？」

1年間、ちこくもけっせきもしなかったんだ。

さがし絵クイズで全部正解したの。

むねがいたむ

ぼくと遊(あそ)んでいて、妹(いもうと)がうでをけがした。

いなかのおじいちゃんが死(し)んじゃった。

「どうしてあなたはそんなに勉強(べんきょう)ができないの？」って
お母(かあ)さんに言(い)われたんだ。

飼(か)い主(ぬし)とはぐれた子犬(こいぬ)が、くんくん鳴(な)いているよ。

むねがいっぱいだ

うちのクラスを代表して賞をもらったよ。

「みんなの前で賞状をもらうことになるなんて」

ゆめができて、むねがどきどきする。

「そうさ、ぼくはかっこいい看護師になるんだ」

絶対に読み切れないと思っていた、

さし絵もない分厚い本を最後まで読み切った。

空手の昇段審査を受けて黒帯を取ったんだ。

もうしわけない

ぼくが悪いのに、

代わりにお兄ちゃんがおこられちゃった。

「ぼくのせいで……」

相手に悪いなと思って、あやまりたくなる。 もうしわけない

弟に色紙をちょうだいって言われたのにあげなかった。

でも、あとから思ったよ。

「次はあげるから」

「ずっと勉強してたよ」

思い切り遊んでおきながら、お母さんにうそを言っちゃった。

友だちと公園で会うやくそくをしたのに、

家を出るのがおそくなった。

もどかしい

あの子(こ)がぼくをすきなのかきらいなのか、
わからない。

お母さんったら、せんぷうきもエアコンもつけないで、
暑い、暑いって言うんだから。

満員のバスの中は、体の向きもかえられないよ。

算数の問題をずっと見つめているんだけど、
とてもとけそうになくて……。

もの足りない

歯医者で歯をぬいてもらった日、
歯のあったところをやたらと
したでさわりたくなっちゃう。

ものたりない

心がすっかり空っぽになったみたいに
さびしい気がする。

三日もうちにとまっていたいとこのお姉ちゃんが、
家に帰っちゃった。

○

公園にあった大きな木が、
台風でたおれて切られてしまったよ。

○

二日間うちであずかっていた子犬を
おばさんがつれて帰ったんだ。

ゆうかんだ

歯医者に行って泣かないと
自分に言い聞かせた。

「ぼくはもう大きいんだから」
補助輪を取った自転車に乗るんだ。
転んでも泣かないぞ。

火の中にとびこんで、人を助け出した消防士を見たよ。
「ぼくも大きくなったら消防士になるんだ」

まちがったことをまちがってるって、ちゃんと言ったんだ。

ゆかいだ

お父さんといっしょに遊覧船に乗ったとき、
カモメがとんできて
わたしがあげたおかしを食べたよ。

お母さんとお父さんと電車に乗って旅行に行くの。

おもしろい映画を見て、
これからおいしい物を食べに行くんだ。

何だかわからないけど自然に鼻歌が出てくるよ。

ゆめごこちだ

じゅくもお休みだし、
勉強しないでゆっくり休んだよ。
「ほんとにうっとりするような時間だな」

「ぼく、君のことがすきだ」と言われたときのことを
思い出しちゃった。

ふかふかのベッドでぐっすりねむって、今起きたんだ。

大すきな歌手がゆめに出てきたの。

わくわくする

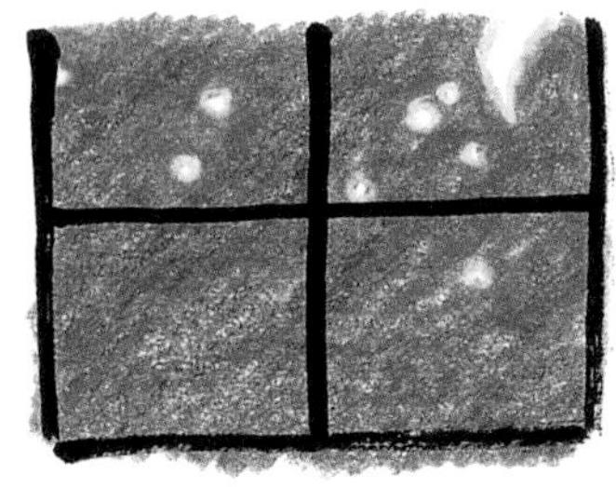

雨はふらないよね？

おべんとうを友だちと

いっしょに食べるんだ。

写真もいっぱいとって、

それから……

明日の遠足のことを考えるとねむれないよ。

楽しみなことやうれしいことがあって心が落ち着かない。

すきな子とろうかでばったり会ったんだ。

ずっと乗ってみたかったバナナボートの順番が回ってきた。

「ライフジャケットも着たし、じゅんびオーケーだよ」

きれいなレースのドレスを着てみたよ。

「おひめさまみたいに、くるっと回ってみようかな」

文 パク ソンウ

詩人。1971年、全羅北道（チョルラプクト）生まれ。2000年、中央日報新春文芸で「蜘蛛」が入選し、デビュー。「尹東柱（ユンドンジュ）文学賞新人賞」など受賞多数。2006年以降、子ども向けの詩集も数多く手がけ、2019年には初めての絵本を出版した。本作は韓国で20万部を超えるベストセラーで、シリーズ化されて第4弾まで刊行されている。

絵 キム ヒョウン

イラストレーター。1987年、ソウル生まれ。漢陽（ハニャン）大学でテキスタイルデザインを専攻。大学休学中に美術教室に通い、イラストと子どものころに好きだった絵本について学んだ。邦訳された絵本作品に『あめのひに』（文・チェ ソンオク／ブロンズ新社）がある。

訳 清水知佐子［しみずちさこ］

翻訳家。大阪外国語大学朝鮮語学科卒業。新聞記者を経て、韓国語の小説などの翻訳を始める。訳書に『完全版 土地』『原州通信』『クモンカゲ 韓国の小さなよろず屋』（以上、クオン）、『つかう？ やめる？ かんがえよう プラスチック』（ほるぷ出版）などがある。

日本語訳にあたっては、必ずしも原著の直訳にこだわらず、現代日本の子どもに習得してほしい感情表現、その感情にふさわしい訳語と具体例を選びました。
日本語版独自の訳出を快諾いただいた原著者・出版社のご厚意に深く感謝します。